ГРИГОРІЙ СКОВОРОДА

БАЙКИ ХАРКІВСЬКІ

УКРАЇНСЬКА БІБЛІОТЕКА

Українська Бібліотека

БАЙКИ ХАРКІВСЬКІ
ГРИГОРІЙ СКОВОРОДА

Ukrainian Library

KHARKIV'S FABLES
HRYHORII SKOVORODA

Вступ © 2025, Glagoslav Publications
Про автора © 2025, Glagoslav Publications
Видавці Максим Ходак і Макс Мендор

Introduction © 2025, Glagoslav Publications
About the author © 2025, Glagoslav Publications
Publishers Maxim Hodak and Max Mendor

www.glagoslav.nl

ISBN: 978-1-80484-201-0

ГРИГОРІЙ СКОВОРОДА

БАЙКИ ХАРКІВСЬКІ

GLAGOSLAV PUBLICATIONS

ЗМІСТ

Григорій Сковорода

(1722-1794)

ПРО АВТОРА

Григорій Савич Сковорода (1722-1794) – видатний український філософ, поет, педагог, мислитель і представник українського бароко. Його ім'я стало синонімом глибокого духовного пошуку, моральної стійкості та ідей свободи.

Народився Сковорода у селі Чорнухи на Полтавщині в родині козака Сави та Палажки Сковородів. Його батьки, люди прості, але побожні та працьовиті, змалку прищепили синові любов до чесності та самопізнання. Вже в юному віці Григорій виявляв надзвичайні здібності до навчання і музики. Після початкової освіти в місцевій школі, у 1738 році вступив до Києво-Могилянської академії, яка була центром духовного, філософського і наукового життя.

У Києво-Могилянській академії Сковорода вивчав риторичні науки, логіку, латину, грецьку та староєврейську мови. Його глибока цікавість до богослов'я та філософії проявилася вже тоді. Під час навчання Сковорода продемонстрував неабиякі музичні здібності, тому був запрошений до придворної капели в Санкт-Петербурзі. Проте світський спосіб життя не припав йому до душі.

Сковорода залишив академію та вирушив у подорожі Європою, які тривали кілька років. Він відвідав Польщу, Угорщину, Австрію, Німеччину, де вивчав філософські твори Платона, Арістотеля, стоїків, а також сучасників, таких як Лейбніц та Спіноза. Саме ці подорожі сформували його світогляд, сприяли виробленню унікального поєднання християнських ідей із філософією античності.

Повернувшись в Україну, Сковорода працював викладачем поетики у Переяславському колегіумі. Однак через конфлікти з керівництвом, що не приймало його новаторських методів навчання, він залишив посаду. Відтоді він вирішив вести життя мандрівного філософа. Сковорода подорожував Україною, проповідуючи свої ідеї гармонії, моральності, самопізнання і свободи через бесіди та твори. Його спосіб життя був простим і аскетичним: він відмовлявся від багатства та слави, вважаючи їх марнотою.

Сковорода вірив, що головним завданням людини є «пізнання себе». Його філософія ґрунтувалася на трьох основних поняттях:

- Гармонія – досягнення внутрішнього спокою через єдність із природою і Богом.
- Моральність – життя за законами добра і справедливості.
- Самопізнання – усвідомлення своєї справжньої природи та місії в світі.

Сковорода прожив життя в гармонії зі своїми принципами, залишаючись вірним ідеалам свободи. Помер він у селі Іванівка (нині Сковородинівка) на

Харківщині. Перед смертю він власноруч викопав собі могилу, сказавши: «Світ ловив мене, але не спіймав».

Григорій Сковорода – унікальна постать, що втілює дух свободи, гармонії та просвітництва. Його твори вплинули на розвиток української культури, а ідеї актуальні й сьогодні, надихаючи нові покоління на духовний і моральний пошук. У сучасній Україні його ім'я є символом філософії гуманізму.

ВСТУП

«Байки Харківські» Григорія Сковороди – це одна з найвизначніших збірок української літератури XVIII століття, яка втілює глибоку мудрість, життєвий досвід та філософські погляди її автора. Ця книга є не просто збіркою байок, а справжнім скарбом, який втілює дух українського бароко, збагачений моральними й етичними уроками.

Григорій Сковорода створив свої байки у період, коли Україна перебувала на перехресті культурних, соціальних і духовних змін. Він прагнув знайти універсальні істини, які б допомогли людям розібратися в суті життя, у своїх стосунках із ближніми та з Богом. Байки Сковороди не лише розважають, але й змушують замислитися, допомагаючи читачам краще зрозуміти себе та світ довкола.

Кожна байка – це своєрідна філософська мініатюра, де за допомогою алегорій, символів та сатири автор передає свої думки про чесність, дружбу, справедливість, працю та смирення. Головними героями його байок є тварини, рослини та навіть абстрактні поняття, які допомагають Сковороді доступно і водночас глибоко пояснити складні ідеї.

Особливість «Байок Харківських» полягає в тому, що вони залишаються актуальними й сьогодні. Незважаючи на те, що ці твори написані понад два століття тому, їхні ідеї резонують із сучасністю. Вони нагадують нам про важливість моральності, духовності та гармонії у відносинах між людьми.

Ця збірка стане чудовим відкриттям для тих, хто прагне пізнати багатство української літератури та зрозуміти філософію життя Григорія Сковороди — одного з найяскравіших мислителів і поетів України.

БАЙКИ ХАРКІВСЬКІ

БАЙКА «ПСИ»

В селі у господаря жили два пси. Довелося якось повз ворота проїздити незнайомцеві. Один пес вискочив, погавкав, доки чоловік не зник з очей, і повернувся до двору.

– Що ти з цього маєш? – спитав другий.

– У всякому разі не так нудно,– відповів той.

– Але ж не всі переїжджі,– сказав розумний,– такі, щоб їх мати за ворога нашого господаря. Коли б так, то і я б служби своєї не занедбав, гавкав, хоч іще з минулої ночі мене непокоїть пошкоджена вовчими зубами нога. Собакою бути – це річ непогана, а от даремне брехати на кожного – зле.

Сила: Розумний чоловік знає, що ганити, а дурний базікає без пуття.

БАЙКА «ВОРОН І ЧИЖ»

Неподалік від озера, з якого визирали жаби, сидів на гілці й виспівував Чиж. Поблизу нього крякав собі й Ворон, та, бачачи, що Чиж не полишає співати, сказав:

— Чого ще й ти сюди пнешся, жабо?

— А чому це ти мене звеш жабою? — спитав Чиж Ворона.

— Тому що ти так само зелений, як та жаба.

— Коли я жаба,— мовив на те Чиж,— тоді ти сам справжнісінький жабур, бо спів твій дуже схожий на жаб'ячий.

Сила: Серце і звичаї людські, а не зовнішні якості мають свідчити за те, хто ти є. Дерево по плодах пізнається.

БАЙКА «ЖАЙВОРОНКИ»

У давнину, коли ще черепахи вчилися в орлів літати, молодий Жайворонок сидів недалеко від того місця, де одна зі згаданих черепах, як у байці мудрого Езопа розповідається, навчаючись літати, впала з великим шумом і грюкотом на камінь. Жайворонок злякався і, тремтячи всім тілом, сказав своєму батькові:

— Батечку! Біля тієї гори, мабуть, сів орел, про якого ти мені розповідав колись, що то найстрашніший і найсильніший з усіх птахів…

— А чому тобі так здалося, синку? — спитав старий.

— Батечку! Коли він сідав, я такої швидкості ще не бачив і шуму та гуркоту такого ніколи не чув.

— Любий мій синку,— сказав старий,— ти маєш молоденький розумець… Знай, друже мій, і завжди співай отаку пісеньку:

Не той орел, що високо літає,

А той, що легко сідає…

Сила: Багато людей без природи починають великі справи, та погано кінчають. Добрий намір і кінець — всякій справі є вінець.

БАЙКА «ГОЛОВА І ТУЛУБ»

Тулуб, одягнутий у розкішну франтовиту дорогими прикрасами одіж, величався перед Головою і дорікав їй тим, що на неї й десятої частини не припадає того багатства, яке має він.

– Слухай-но, дурню! Коли може поміститися твій розум у череві, то затям, що так робиться не через велику твою вартість, а тому, що годі тобі обійтися таким малим, як це можу я, – відказала Голова.

Фабулка ця для тих, хто честь свою на самій пишноті поклали.

БАЙКА «ЧИЖ І ЩИГЛИК»

Чиж, вилетівши на волю, зустрівся з давнім своїм приятелем Щиглем, і той спитав його:

— Як ти, мій друже, звільнився? Розкажи мені!

— Дивом,— відповів полонянин. — Багатий турок приїхав посланником у наше місто і, прогулюючись задля цікавості по торговиці, зайшов у наш пташиний ряд, де нас біля чотирьохсот висіло в клітках одного господаря. Турок довго дивився зі співчуттям, як ми одне перед одним виспівували, і спитав нарешті:

— А скільки хочеш грошей за всіх?

— Двадцять п'ять карбованців, – відповів той.

Турок, не кажучи й слова, заплатив гроші, звелів подавати собі по клітці й випускав нас на волю, тішачись і задоволено позираючи, як ми розлітались.

— А що ж тебе, – спитав товариш, – замануло в неволю?

— Солодкий харч та гарна клітка, – відповів щасливець, – але тепер, доки житиму, дякуватиму Богові такою пісенькою:

Краще вже сухар з водою,
Аніж цукор із бідою.

БАЙКА «ГОДИННИКОВІ КОЛЕСА»

Колесо годинникової машини спитало у Другого:

– Скажи мені, а чого ти гойдаєшся не так, як ми, а в інший бік?

– Мене,– відповіло Друге,– так зробив мій майстер, і сим я вам не лише не заважаю, але ще й допомагаю, аби наш годинник мав єдиний шлях по сонячному колу.

Сила: У людей з різними природними нахилами і життєві шляхи різні. Одначе всім один кінець – чесність, лад і любов.

БАЙКА «ОРЕЛ І СОРОКА»

Сорока Орлові казала:

– Скажи мені, чи тобі не набридло невпинно вихором шугати у безкраїх небесних просторах – то вгору, то вниз, наче по гвинтових сходах?…

– Я б нізащо на землю не спустився,– відповів Орел,– коли б тілесна потреба не приневолювала мене до того.

– А я б нізащо не залишала міста, коли б була орлом,– сказала Сорока.

– Я б теж так робив,– мовив Орел,– коли б був лише Сорокою.

Сила: Хто народжений до того, щоб бавитися вічністю, тому приємніше жити в полях, гаях і садах, аніж у містах.

БАЙКА «ГОЛОВА І ТУЛУБ»

– Як би ти жила,– спитав Тулуб Голову,– коли б з мене не витягувала для себе життєвих соків?

– Це так,– відповіла Голова,– але ж у нагороду тобі моє око як світло, а я допомагаю радою.

Сила: Народ повинен служити керманичам своїм і годувати їх.

БАЙКА «МУРАШКА І СВИНЯ»

Свиня з Мурашкою сперечалися, хто з них двох багатший. А Віл був свідком і побічним суддею.

— Чи ж багато у тебе хлібного зерна? — спитала з гордовитою посмішкою Свиня.— Ану-бо, поясни, шановна пані…

— В мене повнісінька жменя найчистішого зерна.

Як тільки сказала це Мурашка, зареготали раптом щосили Свиня й Віл.

— Хай буде нам за суддю пан Віл,— мовила Свиня. — Він двадцять з лишком років справляв суддівство у великій славі, і не гріх сказати, що між усієї своєї братії — наймайстерніший юриста і найгостріший арифметик і алгебрик. Його благородіє зможе нашу суперечку легко вирішити. Окрім того, він, здається, досить вправний і в латинських диспутах. Віл опісля таких слів, мовлених мудрою звіриною, відразу скинув на рахівницю і за допомогою арифметичного множення зробив таке визначення:

— Понеже бідна Мурашка дійсно одну жменю зерна має, як сама призналася об тім добровільно, і, окрім зерна, більше нічого не споживає, а, напроти того, у пані Свині є цілий кадуб, у якому жмень мається триста з третиною, то за всіма правилами здорового глузду…

— Не те ви рахували, пане Віл,— обірвала його мову Мурашка. — Надіньте окуляри та витрати проти прибутків киньте на рахівницю…

— Справа зайшла в суперечку, і її перенесено у вищий суд.

Сила: Не мале те, чого досить на прожиття, врешті, достаток і багатство є те саме.

БАЙКА «ДВІ КУРКИ»

Випало якось Дикій Курці залетіти до Домашньої.

— І як це ти, сестрице, в лісах живеш? — спитала Домашня.

— А точнісінько так, як інші лісові птахи,— відповіла Дика. — Годує мене той самий бог, що й диких голубів.

— Вони ж можуть добре літати,— проказала господиня.

— Се так,— згодилася Дика,— однак і я можу літати й цілком задоволена своїми крильми.

— Ось у се, сестрице, я ніяк не можу повірити,— сказала Домосида,— бо я ледве-ледве можу перелетіти он до того сарая.

— Не перечу,— каже Дика,— але зважте, голубонько моя, на те, що ви змальства, як тільки народились, зволите на подвір'ї гній гребти, а я щодень мушу набувати досвіду літати.

Сила: Багато хто, не маючи сили щось зробити, не вірить, що можуть те інші. Безліч є таких, хто через розніженість відучені мандрувати пішки. Се свідчить, що практика без природженості безглузда, а природженість утверджується практикою. Яка користь знати, як робиться діло, коли ти сам його не зробиш? Взнати не важко, важче зробити. Наука та досвід — се одне і те ж, вона не в знанні самім живе, а в діянні. Як і робота без природженості, так і знання без роботи — мука. Ось у чому різниця між знанням та наукою.

БАЙКА «ВІТЕР І ФІЛОСОФ»

– А щоб тебе чорти забрали, проклятий!…

– За що ти мене лаєш, пане Філософе? – спитав Вітер.

– За те,– відповів Мудрець,– що як тільки я відчинив вікно, аби викинути часникове лушпиння, ти так війнув своїм проклятим вихором, що все розсипалося по столу і світлиці. Окрім того, ти перекинув і розбив останню чарку з вином, не кажучи вже про те, що, видмухнувши з папірця тютюн, засмітив усю страву, яку я збирався по праці з'їсти…

– Та чи знаєш ти,– сказав Вітер,– хто я такий?

– Ще б пак не знав такого! – вигукнув Фізик.– Хай про тебе селюки байки складають. А я після вивчення небесних планет навіть не зверну на тебе уваги. Ти лише порожня тінь…

– А коли я,– каже Вітер,– тінь, то є при мені й тіло. Се достеменно, що я тінь, а невидима в мені сила – є справжнє тіло. Як же мені не віяти, коли мене рухає наш всезагальний творець і невидиме всевмістиме єство.

– Знаю,– сказав Філософ,– що в тобі є живе єство і воно невинне, оскільки ти всього-на-всього вітер.

— І я знаю,— мовив Вітер,— що в тобі стільки ж розуму, скільки у тих двох селюків, з яких один нахилився, задерши одежу, і привітав мене за те, що я роздував пшеницю, коли він віяв її. Другий такий же комплімент зробив мені, коли я не давав йому вивершити стіг сіна. Ти в них годен бути головою.

Сила: Хто на погоду чи на врожай сердиться, той заміряється на всеосяжну природу.

БАЙКА «ОСЕЛКА І НІЖ»

Ніж розмовляв з Оселкою:

— Звичайно, ти нас, сестро, не любиш, коли не хочеш у нашу стать вступити і бути ножем.

— Якби я гострити не годилась,— сказала Оселка,— то скористалася б вашою порадою. Але нині люблю вас саме тим, що не хочу бути з вами. Бо як не кажіть, а, ставши ножем, ніколи стільки сама не переріжу, скільки всі ті ножі і мечі, які я за своє життя нагострю. А в наш час на оселки дуже сутужно…

БАЙКА «ОРЕЛ І ЧЕРЕПАХА»

На дубі, що похилився до води, сидів Орел, а поблизу Черепаха проповідувала своїй братії:

— Гори воно вогнем оте літання! Покійна наша прабаба, дай боже їй царство небесне, згинула, як видно з переказів, за те, що почала вчитися в Орла сеї гиблої науки. Сам Люципер таке вигадав!…

— Слухай-но, дурепо! — обірвав її проповідь Орел.— Не тому загинула премудра твоя прабаба, що літала, а тому що взялася не за свою справу. Літати не гірше, ніж повзати.

Сила: Прагнення насолод і слави багатьох збиває у протиприродний стан. Се тим шкідливіше для них буває, чим більша така невідповідність. І зовсім небагатьох мати зродила, приміром, до філософії і дbrославного життя.

БАЙКА «СОВА І ДРІЗД»

Тільки побачили Сову пташки, як почали її наввипередки скубти.

-І не пориває вас досада, пані,– спитав Дроздик,– що на вас, невинну, нападають? Чи не дивно се?

-Анітрохи,– відповіла та.– Вони й поміж себе завжди чинять так само. А щодо досади, то вона для мене терпима, бо хоч мене сороки й ворони з граками скубуть, проте Орел з Пугачем не чіпають, та й афінські громадяни поважають мене.

Сила: Ліпше в одного розумного і доброго бути у любові та шані, ніж у тисячі дурнів.

БАЙКА «ЗМІЯ І БУФОН»

У час, коли весною Змія скинула линовище, її побачив Буфон.

– Боже, пані,– гукнув здивовано,– відмолоділи! Що за причина? Розкажіть…

– Я вам залюбки дам пораду,– відповіла Змія.– Ходіть за мною!

І повела Буфона до тої щілини, крізь яку вона нещодавно ледве продерлась і скинула з себе усю стару одежину.

– Ну ось, пане Жабо, пролізьте крізь цей прохід. А як пролізете – вщент оновитесь, лишивши по сей бік весь непотріб.

– Ти що, хочеш мене задавити тут? – скрикнув Буфон.– Та хоча мені й пощастить пролізти, то усю шкуру з мене здере…

– Не гнівайтесь,– відказала Змія.– Це єдиний шлях зробити те, що вдалося мені.

Сила: Чим краще добро, тим більшим трудом, наче ровом, воно обкопане. Хто труда не докладе, той до добра не прийде.

БАЙКА «ЖАБИ»

Коли висохло озеро, жаби пострибали шукати собі нове житло. Нарешті усі загукали:

— Ох, яке величезне озеро! Буде воно нам довічним житлом!

І стрибнули разом у нього.

— А я,— сказала одна з них,— вирішила жити в одному із джерел, що наповнюють ваше озеро. Онде бачу зарослий лісом горб, який посилає сюди багато струмків, сподіваюся знайти там для себе джерело.

— А навіщо, тітонько? — спитала молоденька жаба.

— А тому, голубонько моя, що струмочки можуть потекти в інший бік, а ваше озеро може так само висохнути. Джерело ж для мене завжди надійніше од калюжі.

Сила: Всяка розкіш може зубожіти і висохнути, як озеро, лише чесне ремесло забезпечить непишне, але спокійне існування… Скільки багатіїв щодня стають жебраками. В цьому єдиним спасінням є ремесло…Найбідніші раби нерідко походять від предків, що жили в калюжі великих прибутків.

БАЙКА «ДВА КОШТОВНІ КАМЕНІ – ДІАМАНТ І СМАРАГД»

Високої якості Смарагд, що жив у славі при королівському дворі, пише своєму приятелеві Діамантію таке:

«Люб'язний друже!

Шкодую, що ти не дбаєш за свою честь і живеш схований у попелі. Твоя вартість мені відома. Ти гідний чесного і видного місця, але нині ти схожий на свічник, що світить сокровенним світлом, але схоронений під спудом. Нічого не варте світло, що не дивує і не звеселяє людське око. Сього тобі й бажаю, з по-шаною – твій друг Смарагд.

Дорогий мій друже! – відповів Діамант.– Наше світло живить лише людське марнославство. Хай вони дивляться краще на сяюче небо, ніж на нас. Ми лише кволий його відблиск. А ціна наша й честь завжди лишається в самих нас. Шліфувальники не надають її нам, а відкривають. Від того, що люди похвалять нас, цінність наша не збільшиться, а зневага, забуття і хула від того не зменшаться. Лишаюся з такими ось думками – твій друг Діамантій».

Сила: Ціна і честь – одне і те ж. Пустоцвіт прибирає блискучого вигляду, прибирає подобу фальшивого діаманта і злодійської монети. Освіченість, милосердя, великодушність, справедливість, постійність і цнотливість – ось ціна наша і честь! Давня приказка говорить: «Дурень шукає видного місця, а розумного і в кутку видко».

БАЙКА «СОБАКА ТА КОБИЛА»

Кобила, що привчена була носити ношу, дуже сим чванилась. Вона страшенно не любила Меркурія,– так звали мисливського собаку,– і, прагнучи його забити, щоразу намірялась на нього задніми копитами.

– Чим я завинив, пані Діано? – говорив собака кобилі.– Чому я вам такий бридкий?

– Негіднику!… Тільки я починаю носити при гостях ношу, як ти найголосніше від усіх регочеш. Хіба тобі моє вміння смішне?

– Перепрошую, пані, я не ховаюсь у своїм гріху, що мене завжди смішить навіть добре діло, коли воно не природжене.

– Чого ж це ти чванишся природою? Ти, невіглас! Хіба не знаєш ти, що я навчалася в Парижі?

І чи тобі втямити те, що кажуть вчені Ars perficit naturam? А де і в кого вчився ТИ?

– Матінко! КОЛИ вас учив славний патер Піфикс, то мене навчала сама природа, наділивши до сього хистом, а хист породив бажання, бажання – знання та звичку. Можливо, саме тому заняття моє не смішне, а похвальне.

Діана хотіла була хвицнути собаку, та мисливський пес подався геть.

Сила: Без природи – як на манівцях: чим далі йдеш, тим більше заплутаєшся. Природа є вічне джерело бажання. Ся ж воля (за прислів’ям) гірша всілякої неволі. Вона спонукує до досвіду. Досвід – батько мистецтву, знанню та звичці. Звідси пішли усі науки, і книги, і вправності. Ця головна і єдина навчителька вірно вчить птаство літати, а рибу плавати…

Так само як сіль без солону, як цвіт без свого природного духу, а око без зіниці, так і неприроджене діяння завжди позбавлене чогось таємного. Але се тайне є розум… тобто благота чи краса, і не залежить від науки, а навпаки: наука залежить від нього. Пані Діана, як надмір навчена, але не досить розумна тварина, зволила спитати:

«А коли немає природженості, тоді скажи, будь ласка, що може зробити навчання досконалим?» Слово perficit означає: веде до Ars perficit naturam (лат.) – мистецтво вдосконалює природудосконалості чи завершення. Адже кінець, як у кільці, завжди з’єднаний зі своїм початком, залежить від нього, як плід від свого насіння. Треба знати те, що світлицю без основи і стін покрівлею крити не годиться.

БАЙКА «НЕТОПИР І ДВОЄ ПТАШАТ – ГОРЛЕНЯ ТА ГОЛУБОК»

Великий підземельний звір, що живе в землі так, як кріт, коротко кажучи, великий кріт, писав солодкомовне послання до повітряних птахів і звірів, котрі живуть на землі. Сила була така:

– Дивуюся з забобону вашого: він у світі знайшов те, чого ніколи ніде нема й не бувало; хто вам навіяв таку нісенітницю, начебто в світі є якесь там сонце? Воно у творах ваших прославляється, керує в ділі, вершить кінці, всолоджує життя, оживляє тварин, просвічує темряву, випромінює світло, оновлює час. Який час? У світі є лише одна тьма, лише один час, а іншого часу навіть і бути не може – то дурниця, нісенітниця, небилиці… Ся одна ваша дурість плодить й інші недоладності. Скрізь у вас брешуть: світло, день, вік, промінь, блискавка, веселка, істина. А найсмішніше – вшановуєте химеру, що зветься око, начебто воно свічадо світу, світла товариш, вмістилище радості, двері істини… Ось де варварство!

Любі мої друзі! Не будьте дурнями: скиньте ярмо забобону, не вірте нічому, доки не помацаєте.

Покладіться на мене: не в тому життя, щоб бачити, а в тому, щоб мацати.

Від дня 18 квітня 1774 року. Із підземельного світу. N. N.

Сей лист сподобався багатьом звірам та птахам, наприклад, Сові, Дремлюзі, Сичу, Одуду, Яструбу, Пугачу, окрім Орла та Сокола. А найбільше од усіх вподобав се Нетопир і, забачивши Горленя та Голубка, намагався ощасливити їх сею високоштильною філософією. Але Горленя сказало:

– Батьки наші кращі за тебе для нас вчителі. Вони народили нас у тьмі, але для світла.

А Голубок відповів:

– Не можу повірити дурисвіту. Ти мені й раніше розповідав, що сонця на світі немає. Але я, народжений у похмурі дні, першої ж неділі побачив зрана схід прегарного всесвітнього ока. Та й сморід, який чути від тебе й Одуда, свідчить, що живе всередині вас не добрий дух.

Сила: Світло і тьма, тління і вічність, віра й нечестя складають весь світ і потрібні одне одному. Хто тьма – хай буде тьмою, а син світла – хай буде світлом. З плодів їх пізнаєте їх.

БАЙКА «ВЕРБЛЮД І ОЛЕНЬ»

Африканський Олень часто живиться зміями. Наївшись досхочу їх і терплячи спрагу від отрути, що пекла його всередині, швидше за птиць помчав до гірських водяних джерел на високі гори. Там побачив він Верблюда, що пив з потічка каламутну воду.

– Куди поспішаєш, пане Рогачу? – обізвався Верблюд.– Напийся зі мною у цім струмку.

Олень відповів, що він не може пити каламутної води з насолодою.

– Отож-бо ваша братія дуже вже ніжна і метикована, а я навмисне каламучу: для мене каламутна вода солодша.

– Вірю,– сказав Олень.– Але я народився пити найпрозорішу воду з джерела. Сей потічок доведе мене аж до своєї голови. Лишайся щасливий, пане Горбачу!

Сила: …Хто верблюд, той каламуть потопних слів п'є, не досягаючи до тієї джерельної голови… Слово, ім'я, знак, шлях, слід, нога, копито, термін – то є тлінні ворота, що ведуть до нетління джерела. Хто не поділяє словесні знаки на плоть і дух, той не може відрізнити воду від води, красот небесних і роси… Описувачі звірів пишуть, що верблюд, перед тим як пити, завжди каламутить воду. А олень – любить чисту. Байка ця писана на великдень після полудня 1774, в Бабаях.

БАЙКА «ЗОЗУЛЯ ТА ДРІЗД»

Зозуля прилетіла до чорного Дрозда.

– Чи тобі не нудно? – питає його.– Що ти робиш?

– Співаю,– відказує Дрізд.– Хіба не чуєш?

– Я співаю частіше від тебе, проте однаково нудно…

– Так ти ж, пані, тільки те й робиш, що, підкинувши в чуже гніздо свої яйця, з місця на місце перелітаєш, співаєш, п'єш та їси. А я сам годую, бережу і вчу своїх дітей, а працю свою полегшую співом.

Сила: Багато хто, занедбавши споріднену їм роботу, лише співають, п'ють та їдять. У сім гультяйстві вони терплять їдучішу нудьгу, ніж ті, хто працює без ослабу. Співати, пити та їсти – не робота, а лише крихітний хвостик з головного, призначеного нам діла. А хто для того їсть, п'є та співає, щоб охочіше після відпочинку взятися до роботи, як до покликання свого, тому ні-коли нудьгувати: щодня він і працює, і відпочиває, і се про нього приказка: «Добрій людині щодня свято». Робота наша – джерело радості. А коли кого своя робота не звеселяє, той, звичайно, їй не родич, і не її вірний приятель, але щось біля неї любить, і як не спокійний, так і не щасливий. Але немає нічого солодшого, як спільна для нас усіх робота. Вона є голова, світло і сіль будь-якого окремого заняття… Щасливий той, хто поєднав любе собі заняття із загальним. Воно є справжнє життя. І тепер можна зрозуміти таке Сократове слово: «Дехто живе для того, щоб їсти й пити, а я п'ю й їм для того, щоб жити».

БАЙКА «ГНІЙ ТА ДІАМАНТ»

Отой самий Гній, у якому в давнину Езопів півень вирив дорогоцінний камінчик, дивувався Діаманту і з цікавістю питав:

— Скажи мені, будь ласка, звідки увійшла в тебе ціна така велика? І за віщо тебе так вшановують люди? Я удобрюю ниви, сади, городи і є, власне, творець краси й користі, але при всьому тому ні десятої частки не маю шаноби в порівнянні з твоєю.

— Сам не знаю,— відповів Діамант.— Я так само, як і ти, є земля і значно гірший за тебе. Вона є перепалена сонцем жужіль. Але в сухих моїх водах величною красою відбивається блиск сонячного світла, без сили якого всі твої удобрення надаремні, а рослини мертві…

БАЙКА «СОБАКА І ВОВК»

У Тітира, пастуха, жили Левкон та Фірідам, два пси, у великій дружбі. Вони прославились і серед диких, і серед домашніх звірів. Вовк, від заздрості на їхню славу, вишукав хвилю і став набиватися до них у друзі.

– Прошу мене любити та жалувати, панове мої,– казав Вовк з удаваною чемністю.– Ви мене надзвичайно вщасливите, коли дозволите мені бути третім вашим товаришем. Вважатиму це собі за велику честь.

Потім понарозказував їм про славних і багатих предків своїх, про модні науки, в яких стараннями батьків був вихований.

– Коли ж,– додав Вовк,– родом та науками хвалитися серед розумних вважається за дурість, то маю кращі гідності, щоб ви мене оцінили і полюбили. Я на обох вас схожий, а голосом і волосом – на пана Фірідама… В одному лише не криюся, що маю хвіст лисячий, а погляд вовчий.

Левкон відповів, що хоч Тітир на них зовсім не схожий, однак є третім для них другом, що він без Фірідама ніякого діла не починає. Тоді Фірідам сказав таке:

– Голосом і волосом ти справді на нас схожий, але серце твоє далеко стоїть. Ми стережемо вівці, задоволені вовною і молоком, а ви з овець шкуру здираєте і їсте їх замість хліба. Найбільше ж не подобається нам дзеркало душі твоєї – хитрий погляд твій, що скоса на баранця позирає, який онде ходить неподалік.

Сила: І рід, і багатство, і чин, і споріднення, і тілесні принади, й науки не спроможні утвердити дружбу. Лише серця, думками єдині, й однакова чесність людяних душ, що у двох чи трьох тілах живуть,– ось де справжня любов і єдність…

БАЙКА «КРІТ І ЛІНКС»

З казок, звір Лінкс має настільки гострий зір, що землю на кілька аршинів проглядає. Забачив він якось у землі Крота і почав насміхатись над його сліпотою:

– Коли б ти, нікчемна тваринко, мав моєї прозорливості хоч соту частку, то міг би проникнути крізь самий центр землі. А тепер усе мацаєш, сліпий, як темна ніч.

– Будь ласка, не хвались вельми,– відповів Кріт.– Зір твій гострий, та розум – зовсім сліпий. Якщо тобі дано те, чого мене позбавлено, то і я маю те, чого немає у тебе. Коли хвалишся своїм гострим зором, не забувай про мій не менш гострий слух. І я давно мав би очі, коли б були вони мені потрібні. Вічна правда блаженної природи нікого не кривдить. Вона, рівну в усьому нерівність роблячи, у гостроті мого слуху вмістила силу очей.

Сила: Дурість у багатстві пишається і лається, а в злиднях осідає і впадає у відчай. Вона в обох долях нещасна. Там біснується, як у гарячці божевілля, а тут з ніг валиться, як стерво… Сліпа дурість одне лише зло в усьому бачить. Для сього століття над століттям підносять, народ вище народу. Невдоволена ні своїм станом, ні країною, ні віком, ні спорідненістю, ні долею, ні хворобою, ні здоров'ям, ні смертю, ні життям, ні старістю, ні юністю, ні літом, ні зимою, ні ніччю, ні днем і, як удача, то підноситься до небес, а то спускається в розпачі до безодні, позбавлена як світла і духу віри, так і найсолодшого світу з душевною рівновагою, і спалюється полум'ям власних своїх печалей…

БАЙКА «ЛЕВ ТА МАВПИ»

Лев спить горілиць, а сплячий вельми схожий на мертвого. Юрба всіляких Мавп, вважаючи його за мертвого, наблизилась до нього і почала стрибати та лаятись, забувши страх і повагу до царя свого. А коли настав час прокинутись від сну, поворухнувся Лев. Тоді Мавпи, прийшовши до нього одним шляхом, сімома дорогами розсипались. Старша з них, отямив-шись, сказала:

— І предки наші ненавиділи Лева, та Лев і донині Лев, і навіки віків…

БАЙКА «ЩУКА І РАК»

Щука, натрапивши на солодку поживу, жадібно її проковтнула. Та раптом відчула заховану у ласощах удку, що застрягла у її нутрощах. Рак се здаля примітив і на ранок, побачивши Щуку, спитав:

– Чого се ви, пані, сумні? Де подівся ваш кураж?

– Не знаю, брате, чогось сумно. Думаю, щоб розвеселитися, поплисти з Кременчука в Дунай. Набрид Дніпро.

– А я знаю джерело вашого суму,-сказав Рак.– Ви проковтнули удку. Відтепер вам не допоможе ні швидкий Дунай, ні плодоносний Ніл, ні веселовидий Меандр, ні золоті крильця.

Сила: Рак точну правду мовить. Без розуму й за морем погано, а мудрому чоловікові весь світ – рідний край: скрізь йому і завжди добре. Він добро не збирає по місцях, а носить його в собі. Воно йому – сонце у всі часи і як скарб у всіх країнах. Не місце його, а він оживлює місце, не вигнанець, а подорожній, і не вітчизну кидає, а лише змінює її; куди прийшов – тої землі і син, бо несе в собі народне право…

Меандр – назва річки в Малій Азії. Сковорода часто порівнює мову біблії з цією річкою, що тече

по гарній місцевості, але в’ється, мов змій, та плу-
тає течію свою, мов лабіринт.

БАЙКА «БДЖОЛА ТА ШЕРШЕНЬ»

— Скажи мені, Бджоло, чого ти така дурна? Чи знаєш ти, що плоди твоєї праці не стільки тобі самій, як людям корисні, а тобі часто і шкодять, приносячи замість нагороди смерть; одначе не перестаєш через дурість свою збирати мед. Багато у вас голів, але всі безмозкі. Видно, що ви без пуття закохані в мед.

— Ти поважний дурень, пане раднику,— відповіла Бджола.— Мед любить їсти й ведмідь, а Шершень теж не проти того. І ми могли б по-злодійському добувати, як часом ваша братія й робить, коли б ми лише їсти любили. Але нам незрівнянно більша радість збирати мед, аніж його споживати. До сього ми народже-ні і будемо такі, доки не помремо. А без сього жити, навіть купаючись у меду, для нас найлютіша мука.

Сила: Шершень – се образ людей, котрі живуть крадіжкою чужого і народжені на те тільки, щоб їсти, пити і таке інше. А бджола – се символ мудрої людини, яка у природженому ділі трудиться. Багато шершнів без пуття кажуть: нащо сей, до прикладу, студент учився, а нічого не має? Нащо, мовляв, учитися, коли не матимете достатку?… Кажуть се незважаючи на слова Сіраха: «Веселість серця – життя для людини» – і не тямлять, що природжене діло є для неї найсолодша втіха. Погляньте на життя блаженної натури і навчітеся. Спитайте вашого хорта, коли він веселіший? – Тоді,– відповість вам,– коли полюю зайця.– Коли заєць смачніший? – Тоді,– відповість мисливець,– коли добре за ним полюю.

Погляньте на кота, що сидить перед вами, коли він куражніший? Тоді, коли всю ніч бродить або сидить біля нори, хоча, зловивши, й не їсть миші. Замкни в достатку бджолу, чи не помре з туги, в той час, коли можна їй літати по квітоносних лугах? Що гірше, ніж купатися в достатку і смертельно каратися без природженого діла? Немає гіршої муки, як хворіти думками, а хворіють думки, позбавляючись природженого діла. І немає більшої радості, аніж жити за покликанням. Солодка тут праця тілесна, терпіння тіла і сама смерть його тоді, бо душа, володарка людини, втішається природженим ділом. Або так жити, або мусиш умерти. Старий Катон чим мудрий і щасливий? Не достатком, не чином тим, що йде за натурою, як видно з Ціцеронової книжечки «Про старість»…

Але ж розкусити треба, що то значить – жити за натурою. Про се сказав древній Епікур таке: «Подяка блаженній натурі за те, що потрібне зробила неважким, а важке непотрібним».

БАЙКА «ОЛЕНИЦЯ ТА КАБАН»

У польських та угорських горах Олениця, завбачивши домашнього Кабана, стала вітатися:

— Доброго здоров'я, пане Кабан. Радію, що вас…

— Що ж ти, негіднице, така непоштива! — крикнув, набурмосившись, Кабан.— Чому звеш мене Кабаном? Хіба не відаєш, що я підвищений у Барани. Маю про це патент, що рід мій походить від найшляхетніших бобрів, а замість опанчі я для характеру ношу на людях здерту з вівці шкуру.

— Перепрошую, ваше благородіє,— сказала Олениця,— я цього не знала! Ми, прості, судимо не по одягу та словах, а по справах. Ви ж так само, як і колись, риєте землю і ламаєте тини. Дай вам боже бути й конем!

Сила: Не можна начудуватися з дурнів, які зневажили і зганьбили найчесніший і неоціненний бісер добродійства лише задля того, щоб продертися до чинів, зовсім невідповідних до їхніх нахилів. Який нечистий їм нашептав на вухо, що ім'я та одяг змінять їхнє буття, а не життя чесне, гідне чину? Ось достеменно Езопові граки, що вдягаються в чуже пір'я! З такого зшите існування життя нагадує човен, у якому їхали морем зодягнуті по-людському мавпи, і жодна не вміла кермувати. Той, хто має освічене око, яку безліч бачить він ослів, убраних у лев'ячу шкуру! А для чого вбрані? Для того, щоб вільніше могли рабські свої вибаганки вдовольняти, людей турбувати і проламуватись крізь загороди громадянських законів. І ніхто з достойних честі на непоштивість так не сердиться, як ці мавпи з ослами та кабанами. Стародавнє грецьке прислів'я: «Мавпа є мавпою і в золотім уборі»…

БАЙКА «БАБА ТА ГОНЧАР»

Баба купувала горщики. Любощі молодих літ ще й тоді їй згадувалися.

– Почому сей гарненький?

– За того візьму хоч три шаги,– відповів Ганчар.

– А за того гидкого (онде він), звичайно,– шаг?

– А за того менше двох копійок не візьму…

– Що за диво?

– У нас, бабо,– відповів майстер,– не очима вибирають, а слухають, чи чисто дзвенить.

Баба хоч мала непоганий смак, однак нічого на те не змогла відповісти, а лише сказала, що й сама вона давно се знала, але зараз не подумала.

Сила: Звичайно, ся премудра Єва – прабаба усіх тих штукарів, котрі людину цінують по одежі, по тілу, по грошах, по хоромах, по імені, а не по її плодах життя. Ці правнуки, маючи однаковий з нею смак, достеменно доводять, що вони – плід цієї райської яблуні. Чисте і незаздрісне серце, милосердне, терпеливе, кураж-не, прозорливе, стримане, мирне, – ось чистий дзвін і чесна душі нашої ціна!

Відомо, що в царських хоромах є посуд, порцеляновий, срібний і золотий, за який, звичайно, чесніший глиняний і дерев'яний, проте з їжею… Мудра російська приказка ця: «Не красна изба углами, красна пирогами».

Довелося мені в Харкові бачити між премудрими емблематами і таке: намальований там схожий на черепаху гад з довгуватим хвостом, посеред черепа, прикрашаючи його, сяє велика золота зірка… Але під ним написано таке: «… під сяйвом виразка»…

БАЙКА «СОЛОВЕЙ, ЖАЙВОРОНОК ТА ДРІЗД»

Серед широкого степу стояв сад – оселя солов'їв та дроздів. Жайворонок, прилетівши до Солов'я, сказав йому:

– Добридень, пане співець.

– Вітаю й тебе, пане Соловей,– відповів йому співець.

– Пощо ж ти мене своїм ім'ям кличеш? – спитав Жайворонок.

– А чому ти мене звеш співаком?

Жайворонок. Я тебе недаремне назвав співаком: твоє ім'я у стародавніх греків було співак.

Соловей. А твоє ім'я у стародавніх римлян було alauda, тобто славій, бо laudo означає славлю.

Жайворонок. Коли так, я починаю тебе більше любити і прилетів просити твоєї дружби.

Соловей. О, простаче! Хіба можна випросити дружбу? Треба родитися для неї. Я часто співаю ось цю мою пісеньку, котру вивчив іще від батька мого: «Подібного до подібного веде бог».

Жайворонок. І мій батько цюю пісеньку співає. А я до тебе, як у іншому, так і в сьому подібний; ти співаєш пісню природі, усьому живому, а я славлю природу, і в сьому, власне, весь наш глузд.

Соловей. Гаразд, я з тобою потоваришую, якщо ти в саду житимеш.

Жайворонок. А я буду щирим твоїм прихильником, коли ти оселишся у степу.

Соловей. Ой ні, не тягни мене в степ: степ – се для мене смерть! Як ти в ньому живеш?

Жайворонок. Ой ні, не тягни ж мене в сад: сад – це моя смерть, як ти в ньому живеш?

– Годі вам, браття, дуріти,– промовив Дрізд, що сидів недалеко.– Бачу, ви народжені для дружби, але не тяміте любові. Не шукай те, що тобі до вподоби, а те, що принесе користь твоєму другові, тоді і я ладен бути третім вашим другом.

Потім, кожен по-своєму заспівавши, затвердили вічну дружбу.

Сила: Сими трьома птахами визначається добра дружба. Дружбу годі випросити, купити чи силою вирвати. Ми любимо тих, кого любити нам природою дано,– се так само, як споживаєм те, що природі дано… І як не можна коня з ведмедем, а собаку з вовком впрягти у віз, так годі сподіватися, щоб не відірвалося старе сукно, пришите до нового, і гнила дошка, приклеєна до свіжої. Така ж незгода є між двома людьми різної вдачі, а найбільша неспорідненість між добрим і злим серцем. Жайворонок з дроздом і соловейком можуть приятелювати, але з яструбом чи нетопиром – ніколи. Одне лише неможливе для жайворонка – жити в саду, так само як соловейкові жити в степу. Се у греків звалося

Антипатія. А в усьому іншому між ними однакова вдача – Симпатія.

Не слід приневолювати друга до того, що тебе звеселяє, а його мучить. Багато хто згаданій приказці перечить: треба, мовляв, і ворогів любити. Безперечно, але дружба така само, як і милостиня; багато ступенів оточують центр престолу її. Усім добродійником бути можеш, але не повірником. Інакше благодіємо ми до домашніх та родичів, інакше – до гостей і сторонніх…

Щасливий той, хто хоча б тінь доброї дружби зумів здобути. Нічого немає дорожчого, солодшого і кориснішого за дружбу. В Росії добре про се кажуть: «В поле пшениця годом родится, а добрый человек всегда пригодится». «Де був?» – «У друга».– «Що пив?» – «Воду, краще ворожого меду». Є й на Вкраїні приказка: «Не май сто рублів, а май одного друга». Але не гідний дружньої любові той, хто підносить щось вище за дружбу і не кладе її за наріжний каміні пристановище всіх своїх справ і бажань. Соловей ім'я своє преславне віддає добровільно другові. Солодка вода з товаришем – славна з ним і безособність. Катон сказав: «Пропав той день, що минув без користі». Але Траян (чи, може, Тіт) іще ясніше: «О друзі! Згинув день мій – я нікому не приніс користі!»

Будь-якій владі, званню, чинові, стану, ремеслу, наукам початок і кінець – дружба, основа, спілка і вінець суспільству. Вона сотворила небо і землю, зберігаючи світ світів у красі, порядку і в злагоді…

…Нащо тягнути труби водогону туди, де б'є чисте джерело – батько й голова всіх струмків… Недаремне каже приказка: «Добре братство краще багатства».

А що мовлено про дружбу, те ж розуміється і про статні. Як для тієї, так і для сеї вірним вождем є природа: щасливий той, хто наслідує його.

…Скажи мені, що таке друг? Слуга і добродійник. Яка є краща послуга, ніж привести до знання? Все – брехня, тобто непостійне й нетверде, окрім природи… Хто знає природу, той знає план і шлях свого життя. Що таке життя? Се сніп усіх справ і рухів твоїх. Бачиш, що той, хто пізнав природу, все своє розуміє. Ось для чого сказано: «Друг вірний – захист міцний…»

…І як той, хто має очі, все бачить, так той, хто відчуває природу, все розуміє і одержує від неї усе, що йому потрібне. Коли черепаха не має крил, чи се горе для неї? Крила птахам потрібні. Не в тому найвища мудрість, щоб увесь світ пізнати. Кому се під силу? А неможливе і непотрібне – одне і те ж. Проте, коли знаєш усе, що тобі необхідне,– се й означає найвищу мудрість. Передивившись усі планети і всі світи, не маючи і не знаючи, що потрібне тобі, будеш бідний, невеселий і лишишся невігласом, так само – сходивши всі дороги, але не побачивши своєї, нічого не знатимеш, і не матимеш, і не збадьоришся. Та й хіба можеш ти бути бадьорим, коли позбавлений найнеобхіднішого? А як знайдеш, не знаючи, що потрібне тобі?…